Henry von Heiseler

Der Begleiter

Erzählung

Als der Rittmeister Kyrill zum ersten Mal die Nähe seines rätselhaften Besuchers fühlte, waren die äußeren Umstände solcher Art, daß man eher alles Andere hätte erwarten können, als den Eintritt eines so fremdartigen und so heftig eingreifenden Schicksals. Eine auch nur annähernd befriedigende Aufklärung hat die Angelegenheit niemals gefunden, die Prüfung der hinterlassenen Papiere des Rittmeisters trug eher noch zur Verdunkelung des Geheimnisses bei, auch sorgte das Regiment im eigenen Interesse und aus Rücksicht auf die Angehörigen des Verstorbenen dafür, daß so wenig wie möglich bestimmte Nachricht über diesen Fall in die Öffentlichkeit dringe und so bleibt der Erzählung nichts Anderes übrig, als in einfacher Wiedergabe die einzelnen Tatsachen nebeneinander zu stellen und alle Rätsel und Fragen, die sich dem Betrachter aufdrängen möchten, selbst ohne den Versuch einer Deutung in ihrem notwendigen Dunkel zu lassen. Bei dem völligen Mangel an allen vernunftgemäß greifbaren Anhaltspunkten bleibt es zudem bis zum äußersten ungewiß, ob eine Aufhellung des Falles von der einen oder der anderen Seite her jemals noch erfolgen könnte.

Der Rittmeister befand sich auf Urlaub in der Hauptstadt. Nach einer anstrengenden Eisenbahnfahrt war er am Morgen in St. Petersburg angelangt, hatte in seiner Wohnung ein Bad genommen, die Meldung in der Kommandantur erledigt, eine lange Reihe von Besuchen gemacht, auch bei einem früheren Kommandeur seines Regimentes in großer Gesellschaft zu Mittag gespeist, war darauf in ein Sommertheater gefahren, und gegen Mitternacht saß er mit einigen Bekannten in einem jener Sonderzimmer, die mit Logen in Verbindung stehen, von denen aus die Vorgänge auf der Bühne und im großen Speisesaal verfolgt werden können. Die heftige Steigerung, die der lebendige Betrieb der großen Stadt im Gegensatz zur gewohnten Stille der Garnison auch dieses Mal in ihm wachgerufen hatte, war noch in voller Kraft wirksam und ließ keine Abspannung in ihm aufkommen; sie zog im Gegenteil beständig neue Nahrung aus der aufreizenden Musik, aus dem Anblick der Menschen, der schönen Toiletten und Hüte, des Silbers und Kristalls auf den Tischen, und den gelben, leise gehenden Zigeunerinnen in ihren nüchternen schwarzen Kleidern, die zu der Helle und Buntheit um sie her einen fast beunruhigend eindrucksvollen Gegensatz bildeten. Kyrill, die Arme auf die Brüstung gestützt, ließ die Augen mit einer ihn selbst befremdenden Spannung zwischen Bühne und Saal hin und wieder gehen und mehrfach überkam ihn die Empfindung, als löste sich seine Loge von der Wand und ginge wie ein Kahn über das bunte Menschengetriebe hinweg, so daß er zugleich an einen schnellen Galoppritt über das unter ihm nach rückwärts hinschießende Feld erinnert wurde. Weil nun diese Erscheinungen, obwohl er sie immer wieder von sich zu scheuchen suchte, mit der lästigen Nachdrücklichkeit von Fieberträumen sich wieder und wieder an ihn herandrängten, stand er auf und trat in das Zimmer zurück, wo sich mittlerweile der Zigeunerchor versammelt hatte und nur auf den einleitenden Akkord des Klavierspielers wartete, um den Vortrag eines seiner wilden und zugleich sehnsüchtigen Lieder zu beginnen. Kyrill füllte ein Glas mit Wein und schritt auf eine ganz junge und in ihrem schwarzen hochgeschlossenen Kleid fast überschlank erscheinende Zigeunerin zu, die in der ersten Reihe des Chores saß, die Frage des Rittmeisters, wie sie heiße, durchaus keiner Antwort würdigte und das dargebotene Glas mit einem leichten Kopfschütteln von sich wies. Sara heißt sie, antwortete eine Männerstimme aus dem Chor, Kyrill aber wandte sich scheinbar ohne jedes Verwundertsein ab und ging mit seltsam vorsichtigen Schritten, wie einer, der auf gänzlich fremdem Boden sich bewegt, bis zur gegenüberliegenden Wand, im Vorbeigehen das Glas mit einem langsam bedächtigen Wurf unter den Tisch werfend. Ein voller Klavierakkord übertönte das Klirren des Glases, Kyrill lehnte sich an die Wand und heftete seinen Blick mit hartnäckiger Bestimmtheit auf Sara, die beim ersten Ton der Musik aufgesprungen war und mit einer rätselhaft tiefen Stimme, die kein Mensch in diesem jungen und schmächtigen Körper hätte vermuten können, zu singen anhub. Wer singt nur aus ihr heraus, dachte der Rittmeister, das ist doch nicht diese junge Zigeunerin, es ist ein Land oder ein Volk oder ein Geist oder der Teufel ... und bald hatte die Frage nach dem eigentlichen Urheber dieses dunklen Singens alle übrigen Vorstellungen aus Kyrills Hirn verdrängt und er begleitete in Gedanken den Gesang mit einem hastig wiederholten: wer? wer? wer? im Takte der Melodie. Als die Musik verstummt war und Sara wieder fast regungslos in der Mitte ihrer Gefährtinnen saß, schien es dem Rittmeister, als wäre die Welt jetzt in ihren, wesenlosen Schlaf der Wirklichkeit zurückgefallen und das eigentlich wahre Leben, das Leben des Traums, sei unwiederbringlich vorüber. Festhalten! dachte er nur jetzt nicht loslassen, sonst ist alles vorbei! und schon hatte er den Leiter des Chors, einen ältlichen Zigeuner mit glattem Scheitel und hängendem Schnurrbart, zu sich herangewinkt und ihm seine Forderung, daß er Sara haben müsse und dem Chor gegenüber zu jeder Entschädigung bereit sei, wie einen Revolver auf die Brust gesetzt. Der Zigeuner zog Sara und deren Mutter in die Verhandlung, doch Sara setzte allen Mitteln der Überredung einen so still-entschlossenen Widerstand entgegen, daß Kyrill sich die Wucht der Enttäuschung fast wie eine Ohnmacht auf sein Herz legen fühlte; doch raffte er sich noch einmal zusammen, warf mit den Worten: da zähle! seine gefüllte Brieftasche in die geschickt ausgestreckten Hände des Chorleiters und fügte noch hinzu, daß der Chor die Tasche behalten dürfe, sofern ihm, dem Rittmeister, Sara für die kurze Zeit seines Urlaubs überlassen werde. Der Zigeuner legte nach einer kurzen Prüfung die Brieftasche mit Überwindung in des Rittmeisters Hände zurück und führte mit Zähigkeit die Verhandlung weiter. Kyrill aber wandte sich mit dem verlorenen Gesichtsausdruck eines *Vabanque*-Spielers von der streitenden Gruppe ab und setzte sich an den Tisch zu seinen Freunden, wo er ohne Teilnahme die folgenden Lieder des Chors an seinen Ohren vorbeirauschen ließ und nicht einmal aufblickte, als der Chor nach Verlauf einer Viertelstunde seine Vorträge beendet hatte und alle Männer und Frauen, Sara mit eingeschlossen, einer nach dem anderen hinter der Tür verschwanden. Der Rittmeister wußte später selbst nicht mehr zu erzählen, in welcher Stimmung er die übrige Zeit am Tisch seiner Freunde verbracht hatte, denn der Augenblick, als er später durch das Portal in die Nacht hinaustrat und im Schatten des Hauses die dunklen Gestalten Saras und des alten Zigeuners auf sich zugehen sah, erfüllte ihn mit einem so erschütternden Übermaß von Glück, daß alles Vorangegangene wie mit einem Schlage ausgelöscht war und er eine Zeitlang nach Luft ringen mußte, wie ein Ertrinkender, der die Wasser eines großen und von der Sonne beschienenen Meeres über sich zusammenschlagen fühlt. Die Brieftasche verschwand sogleich unter dem schäbigen Überzieher des Zigeuners und Kyrill fuhr mit Sara durch die trotz der vorgerückten Nachtstunde noch immer nicht stillgewordenen Straßen nach seiner Wohnung. Während der ganzen Fahrt blieb Sara stumm, der Rittmeister aber sprach unaufhörlich wie ein Berauschter auf sie ein und das Folgende war der ungefähre Inhalt seiner Rede: sie müsse nun wissen, wie sehr er sie liebe; dies mußte sein, er hätte sich sonst töten müssen, wenn es nicht so gekommen wäre; sie könne es noch nicht glauben, daß es so sein mußte, er aber wisse es und auch sie werde es wissen; beim ersten Anblick schon habe er es gefühlt: nichts, nichts mehr gebe es auf der Welt, es gebe keine Stadt und keinen Himmel, nur sie ganz allein sei da und er ganz allein sei da und es gebe sonst nichts, als daß er sie liebe und daß auch sie es einmal glauben werde; man dächte vieles zu wissen, dann aber komme ein Augenblick, in dem man erkennt, daß es nur eines zu wissen gebe, und nichts Anderes sei wissenswürdig. So ungefähr hatte der Rittmeister zu Sara gesprochen und dann waren sie vor seiner Wohnung angelangt. Kyrill entlohnte den Kutscher, sie gingen ins Haus, auf der halbdunklen Treppe aber legte Sara plötzlich ihre Arme um seinen Hals und küßte ihn auf die Stirn, ungeschickt, wie ein halbwüchsiges Mädchen küßt. Er erwiderte den Kuß mit einer scheuen Zurückhaltung, über die er sich selbst ein wenig wundern mußte, und sie betraten die Wohnung, in der sie einen gedeckten Tisch, das Bad und das hellerleuchtete Schlafzimmer bereitet fanden, wie Neuvermählte nach ihrer Hochzeit.

Kurz darauf geschah es, daß das Schicksal zum ersten Mal seine Hand mit voller Wucht an das Herz Kyrills legte. Es war alles so gekommen, wie er es nicht vorauszusehen gewagt hatte. Er hatte die Empfindung wie ein mit unbegreiflicher Gewalt brennendes Feuer aus dem Mädchen emporschlagen sehen, Sara drängte sich in seine Arme wie Schutz suchend vor der Fülle eines nicht mehr erträglichen Lichtes. Jetzt auf einmal konnte auch sie ihr Gefühl sagen und sie tat es beinahe mit den nämlichen Worten, die der Rittmeister vorher während ihrer nächtlichen Fahrt durch die Stadt gebraucht hatte. Doch während sie mit ihrer dunklen und rätselhaft tiefen Stimme immer süßere und stärkere Worte sprach, wurde Kyrill von einem furchtähnlichen Gefühl ergriffen, als sei ein Dritter im Zimmer, der sich zugleich mit ihnen eingeschlichen habe, um teilzunehmen an dem Wunder, das zwischen ihm und der Zigeunerin in so kurzer Zeit vorgegangen war. Er stand auf und drückte die Türklinke nieder, fand aber die Tür verschlossen. Er zündete alle Kerzen an, wußte aber bei jedem Schritt, den er dieser Verrichtung halber zu tun hatte, jenen Dritten neben sich. Erst als er sich Sara wieder näherte, schien der Druck weichen zu wollen, doch wie erstaunte er, da er die Augen der Zigeunerin mit einer Kraft und Heiligkeit des Ausdrucks auf sich gerichtet sah, die ihn ein ähnliches Gefühl der Ehrfurcht empfinden ließ wie vor wenigen Stunden während ihres Gesanges; gleichzeitig ergriff der Rhythmus jenes Liedes mit einem Sprunge Besitz von seinen Nerven und er hörte wieder die quälend sich wiederholende Frage: wer? wer? wer? den Takten der Melodie folgen. Dann aber hob ihm das Mädchen sein gelbes, von schwarzem Haar umrahmtes Gesicht und die gelben Hände und Arme aus dem Weiß der Kissen mit einer so unwiderstehlich rührenden Gebärde entgegen, daß Kyrill alles um ihrer Anmut willen vergaß und sich von dem mit zartester Helligkeit leuchtenden Meer seines Glücks ganz und gar überfluten ließ.

Gegen Morgen weckte ihn die Berührung einer fremden Hand aus einem leichten Halbschlummer. Er fuhr empor und war sich mit Sicherheit sofort wieder der Gegenwart eines mächtigen und unsichtbaren Wesens bewußt. Die Zigeunerin, wie ein Kind in einem Winkel des Bettes zusammengerollt, schlief ruhig, und ihre Lippen waren leicht geöffnet wie bei einem Kind. Kyrill erinnerte sich nicht, jemals in seinem Leben etwas Lieblicheres gesehen zu haben. Aber es war ein fremder Atem in seinem Zimmer, die gewaltig-stille Bewegung einer fremden und doch wieder wohlbekannten Kraft, und Kyrills Beklommenheit mengte sich seltsam mit Ehrfurcht. Es fielen ihm Stunden ein, da er im Grase auf dem Rücken lag und die Weite des blauen Himmels sich in das Unermeßliche ausbreitete. Er dachte an die Bewegung der Sterne durch die Unendlichkeit des Raumes. Und jetzt schien es ihm, als hätte die Weite des Himmels und die Unendlichkeit des Raumes und das Hinstürmen der Weltkörper, verdichtet zu seelischer Substanz, von seinem Herzen und von seinem Zimmer Besitz ergriffen. Sein nächster Gedanke war der Gedanke an Gott.

Einen Augenblick lang hatte er die Empfindung wie von einem kalten Erschauern über den ganzen Körper, doch schüttelte er sie gleich ab und machte sich daran, in seinem Zimmer Ordnung zu schaffen. Das Mädchen sollte in einer schönen und klaren Umgebung erwachen. Er zog leise die mittlere große Lade seines Schreibtisches heraus und räumte im Auf-und Niedergehen alles Unschöne und Überflüssige da hinein. Der Kasten war bald gefüllt und das leere Fach eines Schrankes mußte aushelfen. Er ging in wachsender Unruhe hin und her und bald war ihm kein Gegenstand gut genug, um vor Saras Augen bestehen zu können. Viele Jahre seines Lebens hatte er unter diesen und ähnlichen Gegenständen verbracht, ohne zu merken, daß sie alle miteinander häßlich oder gewöhnlich waren. Schön waren die alten Reiterpistolen. Schön war der Armstuhl der aber hatte seiner Mutter gehört. Am liebsten hätte er fast sein ganzes Zimmer in die Schränke geräumt. Und mit einem Mal erkannte er den Grund seiner Unruhe: alle seine Schritte hatten doppelt geklungen, der Andere war neben ihm auf und niedergegangen, hatte ihm über die Schulter geblickt und ihn selbst mit all den übriggebliebenen Erinnerungen an sein früheres Leben zu leicht befunden.

Er ging hinaus und weckte den Diener, um das Frühstück zu bestellen. Er war hungrig und übernächtig, das war alles. Noch während er dem Diener seine Aufträge gab, wurde er von einer heftigen Sehnsucht nach der Zigeunerin befallen. Das Verlangen nach ihrer Nähe schwoll ihm so stark vom Herzen zum Halse hinauf, daß er zu ersticken meinte, wenn er auch einen Augenblick nur zögerte. Mehr laufend als gehend erreichte er das Schlafgemach und ein jäher Schwindel erfaßte ihn, als er Saras leichte Gestalt wie ein lebendig gewordenes indisches Heiligenbild rasch und mit einem glücklichen Lächeln auf sich zugehen sah. Wenige Augenblicke später erwachte er aus einer kurzen Ohnmacht in den Armen der Zigeunerin und einige hastig hervorgestammelte Worte der Erklärung genügten, um die Besorgnis in ihren Zügen in eine stumme und selige Beglückung zu verwandeln.

Der Tag verging in einem wachsenden und durch nichts getrübten Glück. Verwunderlich war nur, daß Kyrill alle Dinge um sich herum schärfer und näher zu sehen meinte, als er es gewohnt war. Auch war ein beständiges Sausen in seinen Ohren wie von einer sehr fernen und lieblichen Musik. Er hatte aber nicht Lust, über dieses Phänomen nachzudenken, denn er glaubte sich nicht darüber wundern zu müssen, daß ein außerordentliches Erlebnis auch von außergewöhnlichen Nebenerscheinungen begleitet ward. Kyrill schlug alles Nachdenken um so freudiger in den Wind, als er die Liebe zur Zigeunerin immer stärker und inniger von allen Winkeln seiner Seele und seines Leibes Besitz ergreifen fühlte. Sie verbrachten mehrere Stunden auf den Inseln, nahmen ihr Mittagsmahl in einem hübschen Restaurant am Flußufer ein, gingen am Abend ins Theater und als Kyrill zum zweiten Mal mit Sara in der Nacht vor seiner Haustüre stand, ahnte er nicht, daß ihm niemals wieder in seinem Leben sorglos und ohne Furcht vor dieser Türe zu stehen beschieden war.

Während Kyrill mit Sara die halbdunkle Treppe zu seiner Wohnung emporstieg, hörte er Schritte hinter sich, die das genaue Echo der seinigen waren. Er drehte sich um und blickte über das Geländer auf die Windungen der Stufen hinab, doch war kein Mensch zu sehen und die Treppe lag totenstill, nur die Musik in seinen Ohren klang mit verschärfter Deutlichkeit. Auch die Zigeunerin hatte das Geräusch vernommen, doch wollte sie dem Rittmeister auf seine Frage nur ungern Rede stehen. Es sei nicht gut danach zu forschen, sagte sie, es bedeute nichts Schlimmes, sie kenne das ebenso wie viele ihrer

Stammesgenossen, man dürfe nur nicht fragen und sich nicht dagegen wehren, auch habe sie es immer für etwas Gutes und Heiliges gehalten, das sie vermissen würde, wenn es je einmal fehlen sollte. Als Kyrill die Tür der Wohnung hinter sich und Sara zuschließen wollte, fühlte er einen leichten Druck gegen das Holz und erst mit einer gewissen Anstrengung gelang es ihm, die Tür zuzuwerfen und den Schlüssel umzudrehen. Gleich darauf aber überzeugte er sich, daß er den Begleiter nicht hatte abschütteln können, denn das Echo ging beharrlich neben seinen Schritten her und ein heftiges Grauen überkam den Rittmeister, als seinen geschärften Sinnen ein Unterschied zwischen den eigenen und den Schritten des Verfolgers auffiel den Gang Kyrills begleitete ein leises Klingeln der Sporen, dem Echo hingegen fehlte der Sporenklang.

Die Liebe der beiden in dieser Nacht war ein Alpdruck für Kyrill, für Sara ein schwindelnder Sturz in den Abgrund der Leidenschaft. Es begann sogleich mit dem ersten Kuß: Sara fühlte den Boden nicht mehr unter den Füßen und mußte sich an Kyrill klammern, um nicht zu fallen, ihm aber griff eine körperlose Hand ins Haar und zog seinen Kopf langsam und stark mit immer erneutem zähen Druck von Saras Lippen zurück. Und später wußte Sara nichts mehr als ein Versinken, ein Stürzen, dann ein jähes Aufschrecken, um gleich wieder zu sinken, zu stürzen und aufzuschrecken. So empfand sie die Qual Kyrills nur undeutlich und entfernt wie in einem Traum und während sich Kyrill vor dem unsichtbaren Gegner immer wieder in den Sturm der Leidenschaft hineinrettete, flogen die Sinne der Zigeunerin über grüngoldne Wiesen hinweg, durch Blumenwälder und zwischen fallenden Sternen hindurch. Dann legte sich das Dunkel eines wunderbaren Schlafes um Saras Bewußtsein und Kyrill löste sich aus ihren Armen mit dem unbestimmten Entschluß, seinem mitleidlosen Verfolger standzuhalten und den ungleichen Kampf durchzukämpfen. Er brannte die Kerzen an und setzte sich auf das Sofa hinter dem Schreibtisch, um über die Mittel des Angriffs oder wenigstens der Verteidigung nachzudenken. Eine leichte Erschütterung zeigte an, daß auch schon der Besucher in der anderen Sofaecke neben ihm saß. Er bezwang seinen Schauder und begann zu überlegen. Es war Krankheit, es mußte Krankheit sein vielleicht ein Fieber und er legte seine Uhr vor sich hin und versuchte den Puls zu zählen. Kyrill war ungeübt und verstand es nicht richtig, doch mußte er merken, daß der Puls regelmäßig ging, eher sogar ein wenig matter als gewöhnlich, so daß von Fieber keine Rede sein konnte. Dann besann er sich darauf, wie sinnlos es sei, einem Verfolger davonzulaufen ihn aufsuchen müsse er, um ihn zu erkennen, zu stellen und anzugreifen. Er streckte rasch die Hand neben sich aus, fühlte aber nichts als den Stoff der Sofalehne und hörte sich selbst über seinen Fehlgriff lachen im nächsten Augenblick aber fiel ihm ein, daß er in diesem Zustand der Angst und der Verzweiflung gewiß nicht lachen könne, und es müsse der Andere gewesen sein, der seine grobe körperliche Art des Angreifens verlache. Nun führte er eine Reihe von Experimenten aus er ging durch alle Zimmer seiner Wohnung und belauschte die Tritte des Anderen, er stellte Fragen und machte die Beobachtung, daß auf die laut ausgesprochenen eine völlige Stille folgte, daß aber die stummen Fragen irgendwie beantwortet wurden, doch ohne Laut und wie in einer fremden und heiligen Sprache, die nur geweihte Priester oder vielleicht Bäume und Tiere verstehen könnten. Zuweilen sah er in der Kerzenflamme, auf dem Zifferblatt der Uhr und in den Falten der Vorhänge die Umrisse eines Gesichtes oder einer Gestalt, nur waren sie ebenso bildlos, wie die Antworten des Besuchers lautlos geblieben waren. Allmählich vermengte sich alles, er sah einen wirren Reigen von Sinneseindrücken in Kreisen ziehen, da waren Kerzen mit Heiligenscheinen und schwankende Zypressen und aus wehenden

Wolken von Schleiern tauchte der gelbe Körper der Zigeunerin empor und eine ungeheure Uhr setzte ein und erdröhnte gewaltig von vielen tiefen gleichmäßig fallenden Schlägen.

Als er erwachte, kniete die Zigeunerin vor ihm und ihre Besorgnis überströmte ihn mit einer Flut von Fragen und Mahnungen. Es schoß Kyrill durch den Kopf, ob er nicht in diesem schönen und fremdartigen Geschöpf die schuldlose Urheberin seiner Krankheit zu erblicken habe und ein jäher Haß stieg in ihm auf. Sie erschrak vor seinem Blick und das ließ ihn sofort seine Empfindung bereuen, die Erinnerung sagte ihm, wie hartnäckig das Mädchen sich gegen sein ungestümes Verlangen gewehrt hatte. Gewiß nicht die Urheberin Sara mochte ein Werkzeug sein, dann aber war auch die Musik ein solches und der Wein und das Diner beim General und die Nacht im Eisenbahnwagen und weiter zurück viele Augenblicke und Stunden, Ereignisse und Stimmungen im Regiment, in der Junkerschule, im Korps, in der Kinderstube. Beängstigt erhob er sich: war er nicht sein ganzes Leben lang diesen unsichtbaren Einflüssen ausgesetzt gewesen, stand er nicht ganz allein in der Welt und wurde nicht jeder Augenblick, jede einzelne der zahllos an ihn herandrängenden Erscheinungen zum Werkzeug gegen ihn in der Hand eines rätselhaften und furchtbaren Schicksals? so unbegreiflich schauerlich war das Leben für alle Kreaturen unter dem Himmel, sobald sie nur sehend wurden wie es jetzt mit ihm geschehen war. Überall war das Walten dieses fremden gewaltigen und namenlosen Daseins, dem er den Namen »Gott« zu geben zögerte, und fast mit Grauen betrachtete er die kindlichen Züge des Mädchens, das, obwohl sehend wie er, ruhig und vertrauend dieses entsetzlich-erhabene Dasein mitzuleben wagte, während er sich im heftigen Widerstand gegen die namenlose Macht hoffnungslos aufrieb und zerstörte.

In dem hellen Sonnenschein, der an diesem Morgen durch alle Fenster fiel, glaubte Kyrill eine Fortsetzung der nächtlichen Schrecknisse nicht fürchten zu müssen. Er ging in das Badezimmer, wusch sich kalt ab und jede neue Welle, die über seinen Körper rieselte, schien seine Lebenskraft und Zuversicht zu erneuern und zu steigern. Nur die Musik ließ sich nicht bannen, sie drang immer wieder durch das Plätschern des Wassers hindurch und erinnerte ihn daran, daß sich der Schwerpunkt seines Lebens in diesen Tagen irgendwie verrückt hatte. So müßte ein Tier empfinden, dachte er, wenn es plötzlich durch ein neues mächtiges Gesetz gezwungen würde, nur noch aufrecht zu gehen wie ein Mensch und statt auf die vertraute Erde in den unheimlich endlosen Abgrund des Himmels hineinzublicken. Aus einem solchen Tier könnte, wenn es ihm nur gelänge, das Grauen des veränderten Schwerpunkts zu überwinden, mit der Zeit vielleicht eine neue Art Mensch sich bilden was aber sei mit ihm, fragte er, die Absicht des Schicksals? Wahnsinn, wenn er sich als schwach erweise? sonst aber Umwandlung und wenn Umwandlung, dann wohin? zum Gott hinauf oder zum Tier hinunter? konnte aber dies alles ein Vorzeichen nahender Göttlichkeit sein: dieses Fürchten, dieses schaudernde Hinhorchen, dieses ängstliche Hingleiten über ein ungewisses und flimmerndes Eis? Kyrill empfand eine bohrende und ohnmächtige Wut. Bin ich das noch? schrie es in ihm, wo ist mein Leben hin, das einfache, selbstverständliche, gewisse Leben? Wie ein Paradies erschien ihm in diesem Augenblick jenes einfache und gewisse Leben, das im Regiment auch ohne ihn seinen klaren, bestimmten, notwendigen Gang weiter ging: das Reiten, der allmorgendliche Bericht des Wachtmeisters, die Suppenprobe in der Schwadronsküche, die Rechnungen der Futterlieferanten. Da war ein Soldat Jegórow, der verstand so knabenhaft mit den weißen Zähnen zu blitzen, wenn er sich beim Striegeln umwandte und eine Frage des Rittmeisters strammstehend beantwortete, die Hände an der Hosennaht, in der rechten den glänzenden

Striegel. Ich will nach Hause, dachte Kyrill, ich will nicht länger im fremden Land wohnen und die Sprache nicht kennen; den Soldaten Jegórow möchte ich wieder hören: die Hufe sind trocken, Euer Hochwohlgeboren, wir sollten die Stute auf Lehm stellen hier aber werde ich verrückt, hier ist das Wunder, große Liebe, Geheimnis, das bis zum Rand mit Leben angefüllte Dunkel, die unhörbare Stimme, das unfaßbare Gespenst oder der unsichtbare Gott! und jetzt klingelt es im Vorzimmer, ich bin verrückt, ich glaube im Ernst, es könne das Gespenst sein, das Einlaß begehrt.

Ein kurzer Wortwechsel drang von außen her an die Ohren des Rittmeisters, dann wurde es still. Er öffnete die Tür und rief nach dem Diener. Ein alter grauer Mann sei dagewesen, groß, mit grauem Bart, in grauem Überzieher, ein Bettler natürlich, der Diener habe ihn fortgewiesen. Kyrill wandte sich ab und ging leisen Schrittes in das Eßzimmer. Die Zigeunerin überhörte sein Kommen, sie stand in ihrem schwarzen Kleid vor dem breiten Fenster, ihr Gesicht war wie das eines Kindes neugierig an die Scheibe gepreßt, sie blickte in den gelblich leuchtenden Morgen hinaus und sang vor sich hin. Es war keine eigentliche Melodie, nur tiefe, lang gehaltene Töne in einer halb zufälligen Folge. Dann mußte sie ein Sporenklingeln gehört haben, sie wandte sich rasch um, indem ihr Gesicht hell ward von einem plötzlichen Lächeln, und schon war sie bei ihm und einige Sekunden lang war nichts um ihn als Wärme und Licht.

Eine Kerze im Wind aber konnte nicht rascher aufflackern und erlöschen. Da die Zigeunerin an diesem Vormittag ihre Mutter besuchen wollte, beschloß Kyrill die freien Stunden zu benützen und seine Flucht vorzubereiten. Als Sara fort war, setzte er sich an den Schreibtisch und schrieb den Abschiedsbrief. Er entfliehe einem Verhängnis, schrieb er, das er nicht zu benennen wisse. Er habe nie vor ihr eine andere geliebt, noch werde er je eine andere lieben. Die Krankheit aber sei stärker als er. In vielen leidenschaftlichen Wendungen sprach er von seiner Liebe und von seinem Dank. Nachdem er noch seinen Zeilen eine größere Summe Geldes beigefügt hatte, verschloß er den Brief, steckte ihn zu sich und begab sich zur Kommandantur. Die Abmeldung war bald geschehen, er trat wieder auf die Straße hinaus und sah sich nach einem Wagen um, doch es war kein Wagen in der Nähe und er machte sich zu Fuß auf den Heimweg. Viele Menschen bewegten sich um ihn her, er ging sehr rasch durch das Gedränge, er spähte mit einer seltsamen Neugier um sich, denn er konnte den Gedanken nicht abweisen, daß die Menschen es ihm ansehen und vor ihm zurückschrecken müßten. Die Gleichgültigkeit der Menge empfand er als erkünstelt, immer unruhiger suchte er nach einem Zeichen des Erkennens und des Verständnisses. Während er sich hastig durch eine gemächlich einhergehende Gruppe von Arbeitern hindurchdrängte, sah er vorn in der Entfernung von etwa zwanzig Schritten den grauen Rücken eines Mannes, der sich ziemlich rasch in der gleichen Richtung wie der Rittmeister die Häuser entlang bewegte. An diesen Rücken hingen sich die Blicke Kyrills, als hätten sie jetzt ihr Ziel gefunden, zum mindesten war das fieberhafte Spähen und Suchen entschwunden und vergessen. Der Mann schien alt zu sein, wie Kyrill aus der gebeugten Haltung schloß, doch glitt die Gestalt leicht und ohne Beschwerde dahin, Kyrill folgte eilig, wurde aber mehrfach aufgehalten und so kam es, daß er den grauen Rücken sich immer in annähernd gleicher Entfernung vor sich her bewegen sah. Der Mann sah sich nicht um, er schien ein bestimmtes Ziel im Auge zu haben und seltsamerweise ging er den nämlichen Weg, den der Rittmeister zu nehmen hatte. So kamen sie an das Haus Kyrills heran, dieser hatte sich endlich dem Alten bis auf sieben oder acht Schritte genähert, als er mit einem krampfartigen Zusammenzucken des Herzens bemerkte, daß der Mann ohne zu zögern auf seine Haustür zuschritt und im Hause verschwand. Wie ein Schwindel legte es sich um die Augen des Rittmeisters, doch bezwang er die Anwandlung und folgte dem Alten. Auf der Treppe hörte er über sich die bekannten hinansteigenden Schritte, er sprang eilig nach, als er aber atemlos und mit klopfendem Herzen vor seiner Wohnung stand, waren die Schritte verklungen, nur glaubte Kyrill irgendwo im Haus eine Tür ins Schloß fallen zu hören, ohne daß er imstande gewesen wäre zu bestimmen, aus welcher Richtung der Schall zu ihm gedrungen war.

Die Zigeunerin war noch nicht zurückgekehrt, Kyrill erwartete sie nicht vor drei oder vier Uhr nachmittags, er packte Koffer und Handtasche und ließ beides durch den Diener, der ihm auch Schlafplatz und Fahrkarte zu besorgen hatte, auf den Bahnhof bringen. Dann überkam ihn Erleichterung wie ein kühler sanfter Wind. Bereit war alles, jedes Ding in Ordnung und an seinem Platz, ganz freien Herzens konnte er die Fahrt antreten. Diese Fahrt stellte er sich vor unter dem Bilde eines Flusses, den er zu überqueren hatte: diesseits waren die Schatten, drüben das andere, das gewohnte und einfache Leben. Noch lag wie ein Dach das Dunkel über ihm, schon aber sah er die Lichter des anderen Ufers wie eine tröstliche Reihe still-glänzender Wachtfeuer. Ein heftiges Klingeln zerriß seine leichtere Stimmung, Kyrill fuhr zusammen wie getroffen von einem unerwarteten Schlag. Er lauschte, blaß geworden und zitternd in plötzlichem Frost. Wieder schrie die Klingel in die Stille hinein. Die Zigeunerin konnte es nicht sein, die so heftig klingelte, es war auch noch zu früh. Kyrill glitt auf den Fußspitzen hinaus ins Vorzimmer und stellte sich lauschend hinter die Eingangstür. Sein Herz schlug wie ein Hammer, er fühlte es bis in die Schläfen hinauf. Es war blanke feige Furcht, was ihn gefangen hielt, er empfand es mit Empörung und war doch nicht imstande, die Schwäche zu überwinden. Noch einmal regte sich die Klingel, doch nicht mehr so grell, sondern flüchtig rufend, als hätte die Hand da draußen nur tastend und halb unwillkürlich die Klingel berührt. Dann knarrte die Treppe und Kyrill vernahm das Geräusch von Schritten, die sich zögernd entfernten. Eilends lief der Rittmeister ins Eßzimmer zurück, riß ein Fenster auf und beugte sich weit hinaus, um die Haustür zu beobachten, doch es kam niemand und nach einer Weile verließ er das Fenster mit dem lähmenden Gefühl, daß der unbekannte Besucher sich im Haus verborgen halte und irgendwo im Halbdunkel der Treppe lauere. Kyrill setzte sich an den Tisch, den Kopf auf die Hände gestützt, und rührte sich nicht aus dieser Stellung, bis er nach einer längeren Zeit es mochte nicht weniger als eine Stunde vergangen sein die Stimmen der Zigeunerin und des Dieners im Vorzimmer hörte und gleich darauf in einem Wirbel von Glück und Dankbarkeit Saras zärtliches Lächeln und ihre kinderhafte Gestalt mit Augen sehen und mit den Armen umfassen durfte.

Zwei Tage später war Kyrill in dem Standort des Regimentes eingetroffen, sehr zur Verwunderung seiner Dienstgenossen, die sich eine so überraschende freiwillige Verkürzung des Urlaubs nicht zu erklären vermochten. Seine Flucht hatte er planmäßig ausgeführt, den Diener mit den nötigen Anweisungen versehen, auch die schriftliche Botschaft an die Zigeunerin in die sicheren Hände dieses bewährten Menschen niedergelegt und der aufdringliche Besucher schien seine Spur verloren zu haben. Die Schwadron hatte er in Ordnung gefunden und ein warmes Heimatgefühl war über ihn gekommen, als im Stall der Soldat Jegórow mit den weißen Zähnen und dem glänzenden Striegel auf ihn zugetreten war und ihm freudig gemeldet hatte, daß der Lehm schon begonnen habe, eine gute Wirkung auf die trockenen Hufe der Stute auszuüben. Dann war er völlig untergetaucht in den Pflichten des Dienstes und es war ihm vergönnt, sich mehrere Tage lang in einer stillen Zuflucht als ein Geretteter zu fühlen. Verborgen freilich zehrte die Sehnsucht nach der Zigeunerin an ihm und nur durch Arbeit und wiederum Arbeit wußte er die stetig flüsternde Stimme zu übertäuben. Früh genug indessen mußte der Rittmeister erkennen, daß das Gefühl der Sicherheit, in dem er sich geborgen gewähnt, ein trügerisches gewesen war und daß ihm sein Schicksal wie ein unbeirrbarer Jäger nach wie vor auf der Fährte lag.

Schon seit den ersten Tagen nach seiner Rückkehr begann Kyrill durch gewisse Wunderlichkeiten die Aufmerksamkeit seiner Regimentsgefährten auf sich zu ziehen. Bei der gemeinsamen Mittagsmahlzeit geschah es oft, daß er in Grübelei versank und selbst auf wiederholte Anreden entweder gar keine oder so verworrene Antwort gab, daß diese Unart vielfach Neckereien und zuweilen sogar Unwillen zur Folge hatte. Für Heiterkeit oder Mutwillen schien ihm jede Fähigkeit abhanden gekommen zu sein, er war imstande, etwa einem Scherz ein derart fassungsloses Unverständnis entgegenzubringen, daß die Kameraden dadurch nur immer mehr gereizt wurden, ihn durch mehr oder minder gutmütige Anspielungen, mehr oder minder derbe Ausfälle in Verwirrung zu setzen. Außerdem wurde bemerkt, daß der Rittmeister größeren Menschenansammlungen aus dem Wege ging, er wurde auf der Promenade und bei der Musik im Stadtgarten nicht mehr gesehen, und wenn die Gelegenheit es doch einmal mit sich brachte, daß er den Markt überschreiten mußte oder sonst in eine Menschenansammlung hineingeriet, so konnte man an ihm eine sonderbare Unruhe und Unsicherheit beobachten, und es war auffallend, wie eilig er jedesmal aus dem Gewühl zu entkommen und einsamere Stellen zu gewinnen strebte. Zwei Vorfälle steigerten noch seinen so rasch entstandenen Ruf eines Sonderlings. Das eine Mal hatte er in Begleitung eines jungen Leutnants einen Besuch bei einer dritten Person machen wollen, war aber im Vorzimmer wieder umgekehrt, weil er dort am Kleiderhaken einen grauen Überzieher nebst Schlapphut hatte hängen sehen. Der Leutnant wußte zu berichten, daß Kyrill beim Anblick des Überziehers blaß geworden sei und sich unter dem nichtssagendsten Vorwand auf eine eilige und beinah unhöfliche Art entfernt habe. Bald darauf saß Kyrill in Dienstangelegenheiten bei einem Stabsoffizier und war in einer lebhaften sachlichen Verhandlung begriffen, als plötzlich vielleicht ein wenig allzu jäh und heftig die Klingel gezogen wurde. Der Rittmeister war wie in tödlichem Schreck zusammengefahren und hatte einen Anfall von Schwindel zu überstehen, über den ihm der Andere erst nach einer geraumen Zeit durch ein Glas Wein und die Anwendung von Kölnischem Wasser und Riechfläschchen hinwegzuhelfen vermochte. Den Dienst versah Kyrill übrigens ohne Tadel und gab daher seinen Vorgesetzten zwar Veranlassung zur Besorgnis, nicht aber zu einer Mißbilligung.

Eines strahlenden Frühlingsmorgens war das Regiment zu einer größeren Übung ausgerückt, die Feldküchen waren mitgegangen und während der Mittagspause hatte sich Kyrill von seiner Schwadron entfernt, um irgendwo auszuruhen, wo er nicht wie in der Nähe der Pferde von den Fliegen belästigt wurde. Er ruhte auf der Böschung eines trockenen Grabens am Rande des Waldes. Die Schwüle war lähmend, die Luft stand völlig still, über der Gegend lag ein Flimmern wie ein trübglänzender Schleier, und die Hitze erschwerte das Atmen. Kyrill war im Begriff einzuschlafen, als er plötzlich Schritte zu hören vermeinte dicht neben der Rasenstelle, daran er seinen Kopf gelehnt hatte. Er richtete sich auf es war niemand zu sehen und der Klang der Schritte war verstummt. Nur aus dem Graben ertönte ein Geräusch wie von unterirdisch strömendem Wasser. Es gibt Regen, dachte Kyrill, dem ein solches unterirdisches Rauschen in einem Graben einst von einem

Bauern als ein Vorbote von Unwetter gedeutet worden war. Als er sich niederlegte, vernahm er die Schritte von neuem, sie schienen sich im Kreis um ihn herum zu bewegen, dann entfernten sie sich und verklangen in der Ferne. Mit seiner Ruhe war es aus, er erhob sich und schlug verzweifelt die Hände vor das Gesicht. Da war es wieder, es war unmöglich, den Klang zu verkennen. Pferdegetrappel und ein Trompetensignal schreckten ihn empor, sein Pferd wurde ihm gebracht, er saß wie träumend auf und das Manöver nahm seinen Fortgang. Kyrill wußte nichts von dem, was um ihn her vorging, mechanisch nahm er die im Verlauf der Übung erforderlichen Verrichtungen vor, und im Gewirr der Menschen und Pferde, der Kommandorufe, der Staubwolken und des dröhnenden Hufschlags blieb seine Verstörtheit unbeachtet. Als er einige Stunden darauf gesäubert und gewaschen in seinem Zimmer saß neben dem singenden Teekessel, war es ihm, als zucke der Traum immer noch betäubend und in rasenden Kreisen durch sein Hirn.

Gegend Abend wurde der Bursche des Rittmeisters durch die Stimme seines Herrn erschreckt, die zwar nicht laut, aber erregten Tones durch die Türe hindurch hörbar ward. Der Bursche wußte, daß sein Herr allein war, dennoch klang es wie ein Gespräch zweier Personen, wobei sich jedoch nur die Stimme des Rittmeisters vernehmen ließ, die Antworten des Anderen aber tonlos blieben. Der Bursche vermochte es sich nicht zu deuten, er öffnete die Tür zum Nebenzimmer, blieb aber wie gebannt auf der Schwelle stehen. Etwa fünfzehn bis zwanzig Kerzen brannten im Raum, die Mehrzahl derselben war in Ermangelung von Leuchtern auf die Tischplatte und auf das Fenstersims gestellt und dort festgetropft worden, und Kyrill saß in Hemdsärmeln am Tisch, blaß und mit verwühltem Haar, mit einem unsichtbaren Gegenüber erregte Zwiesprach führend. Der Bursche ließ einen Laut des Schreckens hören, darauf schien Kyrill zu erwachen zuerst fuhr er den Burschen ungeduldig an, dann wurde er verlegen, erklärte ihm, daß er mit sich selbst spreche, und da der Bursche auf die Kerzen hinwies, entgegnete der Rittmeister mit einem gezwungenen leichten Lachen, die Augen hätten ihm weh getan in der Dunkelheit und darum habe er für Beleuchtung sorgen müssen. Und jetzt möge er, der Bursche, zum Teufel gehen, vorher aber noch im Stall ausrichten, daß der Rittmeister morgen um zwölf Uhr mittags ausreiten wolle allein, ohne Reitknecht. Nun verlangte Kyrill sein Waschwasser, machte die gewohnte Abendtoilette, löschte die Kerzen und ging zu Bett. In der Tat lag er in ruhigem Schlummer, als der Bursche sich nach Verlauf von etwa zehn Minuten wieder in das Zimmer schlich, um sich von dem Wohlergehen des Herrn zu überzeugen.

Der nächste Tag war ein Sonntag. Kyrill erwachte spät nach einer in traumlosem Schlaf verbrachten Nacht, kleidete sich an und frühstückte, ohne daß der Bursche etwas Beunruhigendes oder auch nur Außergewöhnliches an ihm zu entdecken vermochte, und zur festgesetzten Stunde bestieg er sein Pferd und ritt ins Feld hinaus. Der Tag war schwül, der Himmel von Dünsten überzogen, ein schweres Gewitter schien sich vorzubereiten. Kyrill ließ das Pferd im Schritt gehen und es war, als halte er die Zigeunerin vor sich im Sattel, er fühlte ihren Atem auf seinem Gesicht und ein tiefes Summen lag in seinem Ohr, der Widerhall dieser einzigen Stimme schien ihm die ganze Welt zu erfüllen und er ritt dahin wie in einem gewaltigen Strom ihrer Klänge. So hätte er reiten mögen, tagelang, vielleicht wochenlang, bis ihm nach einer neuen Wegesbiegung die schmale schwarze Gestalt erschienen wäre, und dann hätte er sie mit sich genommen, um sich nie mehr in seinem Leben von ihr zu trennen. Lästig war nur, daß in der beseligenden Musik, die ihn umflutete, ein beharrlicher Unterton sich vernehmen ließ, taktmäßig und unaufhaltsam, wie das Ticken einer großen Uhr oder wie die Schritte eines Wanderers. Allmählich wurde das

Ticken lauter, je mehr die geliebte Stimme der Zigeunerin zu verklingen begann, und jetzt vermochte er schon deutlich zu unterscheiden, daß es Schritte waren, gleichmäßig und unaufhaltsam, die vor ihm hergingen, nur konnte er sich dessen nicht bewußt werden, ob sie sich ihm näherten oder sich von ihm entfernten. Am Himmel war mittlerweile eine tiefdunkle Wolkenwand emporgestiegen, davor die fernen Kirchen unheimlich weiß herüberleuchteten. Kyrill, der die Straße nicht weit vor sich eine Biegung machen sah, trieb sein Pferd an und als er im Trab um die Ecke bog, ward er eine hohe graue Gestalt gewahr, die rüstig vor ihm her auf dem gleichen Wege dahinschritt. Das ist der Feind, ging es wie ein Schrei durch Kyrills Seele, er war vorher nicht da, sonst hätte ich ihn längst sehen müssen, warum geht er jetzt hier, warum verfolgt er mich, was will er von mir? Einige Sprünge seines Pferdes brachten ihn neben den Wanderer, der einen weichen Hut und einen grauen Überzieher trug, gleichgültig sein graubärtiges Gesicht dem Reiter zukehrte und unbeirrt seinen Weg fortsetzte. Es war ein gewöhnliches altes Gesicht und die Kleidung und Erscheinung die eines Kleinbürgers so empfand es Kyrill, zu gleicher Zeit aber fühlte er sich von einer geheimnisvollen Macht überströmt, gegen die er sich in Zorn und Verzweiflung zu wehren suchte. Hastig warf er eine Frage hin, die der Alte undeutlich in seinen Bart hinein beantwortete, ein zweiter Versuch fand kein besseres Schicksal, der Alte mochte nicht in redseliger Stimmung sein, er schritt rüstig voran und ließ nur von Zeit zu Zeit seine lebhaft glänzenden Blicke über den unseligen Reiter hingleiten, dessen Unruhe sich mit jeder Sekunde steigerte. Ein Windstoß wirbelte Staub empor und trieb Kyrill die ersten Tropfen des herannahenden Regens in das Gesicht. Da wandte der Alte ihm unerwarteterweise sein Antlitz zu und lächelte ein Lächeln, das Kyrill so schauerlich dünkte, als lege sich ihm eine ungeheure Hand würgend um den Hals. Dieses Lächeln war wie ein Peitschenhieb, der ihn in blinde sinnlose Flucht treiben sollte. Er versuchte sein Pferd herumzureißen, das Tier weigerte sich, oder vielmehr, die Bewegung Kyrills war ohne Kraft, das Tier fühlte den Druck des Zügels nicht. Er wollte es mit den Sporen vorwärts bringen, seine Glieder gehorchten ihm nicht. Dann schien das Pferd in einen matten strauchelnden Galopp zu fallen, ohne indessen von dem Fußgänger fortzukommen, der unaufhaltsam fortschritt. Kalte Schauer liefen Kyrill über den Rücken, er kannte den Zustand aus Träumen, da man einer Verfolgung zu entrinnen sucht und die Füße heben sich nicht, oder die Erde wird weich und die Füße finden keinen Halt, man läuft in Todesangst und kommt nicht von der Stelle. So war jetzt das strauchelnde Pferd an den furchtbaren Fußgänger wie angekettet, die Gruppe bewegte sich durch den strömenden Regen dahin, Kyrill verlor jedes Gefühl für Zeit und Wirklichkeit. Gegen Abend aber hatten die Bewohner der Garnisonstadt ein seltsames Schauspiel: ein müdes Pferd kam langsamen Trabes heran, mit hängendem Zügel, der Reiter schwankte im Sattel, durchnäßt, bügellos, irren Blickes ins Leere starrend vor dem Hause des Rittmeisters blieb das Tier stehen und es fanden sich Leute, die Kyrill aus dem Sattel hoben und der Pflege seines Burschen und eines rasch herbeigerufenen Arztes übergaben. Der Kranke verfiel in Raserei.

Nach mehreren Stunden heftigen Fiebers, in denen Kyrill mit verzweiflungsvollen Verwünschungen und Anklagen gegen den Gott gewütet hatte, der ihn mit so unfaßlicher Grausamkeit durch das Grauen seiner allmächtigen und grenzenlosen Gegenwart in Krankheit und Wahnsinn getrieben, überkam ihn ein Zustand erschöpfter Ruhe, er fiel in Schlaf und an sein Bette setzte sich ein lieblicher Traum. Er sah ein Mädchen in schwarzem Kleid auf dem Bettrand sitzen und zu einem Mann sprechen, der nachdenklich vor ihr stand, und Kyrill erkannte die Stimme der Zigeunerin. Der Mann hatte das Aussehen eines Arztes. Das Mädchen erzählte eine seltsame Liebesgeschichte, die Kyrill bekannt vorkam, es war als hätte er sie selbst vor Zeiten erlebt. Die Liebesgeschichte ging über in den Bericht einer rührenden und nicht minder seltsamen Pilgerfahrt. Die Erzählerin sprach von einer Geldsumme, die ihr von ihrer Mutter abgenommen worden sei; sie habe darum zu Fuß gehen und sich durchbetteln und durchhungern müssen, so wäre sie endlich gekommen. Kyrill fühlte das Glück gleichsam körperlich von dem Scheitel zu den Fußspitzen hin und wider rieseln, er streckte die Hand aus, er fühlte eine Hand in der seinen und fühlte, daß er lächelte ... Die Erzählerin hielt plötzlich inne, weil ihre Hand gefaßt und gedrückt wurde, sie wandte sich zum Schlafenden, sah ein Lächeln auf seinem Gesicht erscheinen und glaubte den Klang ihres Namens deutlich in der Stille des Zimmers zu vernehmen. Dann erkaltete die Hand des Schlafenden, das Lächeln aber blieb stehen und nach einer Weile stellte der Arzt fest, daß das Leben den Körper verlassen habe.

Das Mädchen soll später auf Befragen des Arztes die Absicht geäußert haben, nicht in die große Stadt zurückzukehren, sondern sich im Süden einem der wandernden Stämme ihres friedlosen Geschlechtes anzuschließen.